Thayame Porto

ilustrações Roger Vieira

Maria Chá e João Café

Porto de Idéias Editora

São Paulo, 2015

Foi assim que me contaram
e é assim que eu vou contar...

Maria Chá era moça fina,
de ervas boas e hortaliças.
João Café era moço de roçado,
enxadas e moinhos.

Maria Chá vivia a
fino trato
na fazenda da
nobreza.

João Café era
da plantação,
vivia ao ar livre
e tinha o vento
como direção.

Num dia lindo,
Maria Chá foi passear
na fazenda do seu avô.
E de passeio por lá
com João Café se encontrou.
Os olhinhos dos dois brilharam
e até passarinhos entre eles
voaram.

E não teve jeito não,
foi Chá com Café,
Maria com João.

João Café elogiou
o cheirinho de Maria Chá.
Maria Chá se encantou
com a força de João Café.

Ela disse que ele tinha jeito
pra cuidar de planta.
Ele achou que ela tinha a
delicadeza de uma flor.

Então os dois trocaram muitas histórias sobre plantas e flores. E foram nascendo dessas histórias alguns amores:

Um amor do
tipo que faz
cuidar.
Outro amor que
faz plantar.
Tipos diferentes
de amor pra
cultivar.

E eles decidiram
ficar juntos
para sempre.
E cuidar da
plantação na
fazenda do avô.

João Café plantava,
Maria Chá cultivava flores.

Ele, como era forte,
ficou pra agitar a vida.
E ela, toda vez que precisava,
acalmava com seus aromas.

E até hoje,
quando alguém precisa de um sossego
diz por aí assim:
"Me dá uma colher de chá".

Por conta dessa história
de afeto e calmaria,
que foi o caso de amor
entre Café João e Chá Maria.